© 2007 do texto por Martin Widmark
© 2007 das ilustrações por Helena Willis

Publicado originalmente por Bonnier Carlsen Bokförlag, Estocolmo, Suécia.
Traduzido da primeira publicação em sueco intitulada *LasseMajas Detektivbyrå: Biblioteksmysteriet.*

Direitos de edição em língua portuguesa adquiridos por Callis Editora Ltda.
por meio de contrato com Bonnier Carlsen Bokförlag, Estocolmo, Suécia.
Todos os direitos reservados.
2ª edição, 2023
3ª reimpressão, 2025

TEXTO ADEQUADO ÀS REGRAS DO NOVO ACORDO ORTOGRÁFICO DA LÍNGUA PORTUGUESA

Coordenação editorial: Miriam Gabbai
Editora assistente: Áine Menassi
Tradução: Fernanda Sarmatz Åkesson
Revisão: Ricardo N. Barreiros
Diagramação da edição brasileira: Thiago Nieri

Dados Internacionais de Catalogação na Publicação (CIP)
Angélica Ilacqua CRB-8/7057

Widmark, Martin

O mistério da biblioteca / Martin Widmark ; tradução de Fernanda Sarmatz Åkenson, ilustrações de Helena Willis. – 2. ed. – São Paulo : Callis Ed., 2023.
80 p. : il.   (Coleção Agência de Detetives Marco & Maia)

ISBN 978-65-5596-214-7
Título original: *LasseMajas Detektivbyrå : Biblioteksmysteriet*

1. Literatura infantojuvenil sueca I. Título II. Åkenson, Fernanda Sarmatz III. Willis, Helena IV. Série.

23-6374   CDD: 028.5

Índices para catálogo sistemático:
1. Literatura infantojuvenil sueca

ISBN 978-65-5596-214-7

Impresso no Brasil

2025
Callis Editora Ltda.
Rua Oscar Freire, 379, 6º andar • 01426-001 • São Paulo • SP
Tel.: (11) 3068-5600 • Fax: (11) 3088-3133
www.callis.com.br • vendas@callis.com.br

O mistério da biblioteca

Martin Widmark

ilustrações de
Helena Willis

Tradução:
Fernanda Sarmatz Åkesson

callis

Personagens:

Marco

Maia

Chefe de polícia

Karina Fahlén

Pastor

Beatriz Holm

Wagner Frisk

CAPÍTULO 1

Investigação em alto nível

— **O**lhe! – disse Maia. – Lá vem o noivo de Lia Leander.

Marco olhou para onde Maia estava apontando. Detrás do quiosque na Rua da Igreja estava vindo um homem de bigode cinzento, caminhando sob a luz do sol. Ele usava um terno elegante e azul. Tinha um chapéu na cabeça e carregava um buquê de rosas vermelhas.

Marco e Maia sabiam que aquele homem costumava visitar Lia, que trabalhava na joalheria de Muhammed.

– Daqui de cima, se vê quase tudo – disse Marco.

Em seguida, ele apontou para a torre da igreja, do outro lado da rua, e continuou a dizer:

– Talvez daqui a dois dias as janelas da torre se abram e Jesus saia de lá voando!

– Por que ele faria uma coisa dessas? – perguntou Maia.

– Porque amanhã é o dia da Ascensão de Cristo – respondeu Marco sorrindo. – O dia que Jesus voou para o céu!

– Ah, pare! – disse Maia.

Marco e Maia se encontravam na parte mais alta da joalheria de Muhammed Kilat e observavam tudo pela janela do terceiro andar. A sala já estava vazia havia um bom tempo. Maia segurava um binóculo.

A agência de detetives Marco e Maia tinha sido encarregada de mais uma missão pelo chefe de polícia: observar a biblioteca.

Dois dias atrás, tinham batido na porta da agência deles. Eles abriram a porta e o chefe de polícia havia pedido para entrar.

Lá dentro, ele lhes contara que um livro muito precioso tinha desaparecido da biblioteca de Valleby, um livro muito antigo e raro.

– Deve ser alguém que pegou o livro emprestado, mas se esqueceu de devolver – Maia tinha sugerido.

– Não foi assim com esse livro – o chefe de polícia respondera. – Pois esse é tão valioso que nem pode sair da biblioteca.

Em seguida, o policial tinha lhes contado que os livros mais valiosos da biblioteca eram guardados em uma sala de pesquisa, que ficava debaixo da própria biblioteca. Lá, naquela sala, era permitido pesquisar e ler, mas não era permitido levar esses livros para casa.

– Então, alguém deve ter colocado o livro na bolsa escondido e saído de lá – Marco dissera.

O chefe de polícia havia sacudido a cabeça e lhes contado que todos os livros valiosos da biblioteca possuíam um alarme. Para alguém sair de lá, seria preciso passar por dois controles de alarme. Se alguém tentasse levar um livro da biblioteca, o alarme iria tocar imediatamente. Mas o livro havia desaparecido, sem que o alarme tocasse. Agora o policial queria que Marco e Maia ficassem observando a biblioteca com muita atenção durante alguns dias.

Maia olhou para a entrada da biblioteca pelo binóculo. Marco ficava preparado para anotar tudo no seu caderno, ao mesmo tempo em que o sino da igreja, do outro lado da rua, tocava seis vezes.

– Agora vão fechar a biblioteca – disse Marco.

– E lá vai o pastor indo embora – disse Maia.

Marco anotou tudo no seu caderno.

– Olhe, ele abotoou mal a roupa – Maia continuou a falar.

– Nem parece que logo ele irá se aposentar! – disse Marco. – Continua muito animado. Acho que vou sentir falta dele, de alguma maneira.

Marco pegou o binóculo, viu o pastor de Valleby saindo da biblioteca e sorrindo em direção ao céu.

E, exatamente como Maia havia dito, o pastor tinha abotoado mal a sua roupa preta, com os botões nos lugares errados. Marco riu do pastor atrapalhado.

– E agora lá vem aquele operário – disse Marco, devolvendo o binóculo para Maia.

– Ele está acomodando a caixa de ferramentas no bagageiro da bicicleta, como costuma fazer, e agora está levando a bicicleta em direção ao quiosque de sorvete – disse Maia.

Marco anotou tudo e Maia continuou a fazer um relatório do que via:

– Depois vem aquela senhora idosa com a sua pasta.

Maia afastou o binóculo dos olhos e continuou:

– Como de costume. Tem sido exatamente assim nos últimos três dias.

Marco e Maia viram o pastor entrar na igreja. O operário parou e comprou um sorvete no quiosque. A senhora idosa foi andando e passou pelo Cinema Rio.

– Isso não está funcionando – disse Marco. – Nunca vamos conseguir ver alguma coisa daqui de cima.

– Vamos, sim – disse Maia. – Um detetive deve ter paciência!

Assim que ela terminou de falar, as portas da biblioteca se abriram! Lá de dentro, saiu a bibliotecária, que olhou para o outro lado da praça. Ela jogou as mãos para cima e gritou.

Marco e Maia quase conseguiram escutar pela janela o que ela estava gritando.

– ...orro! Um livr... desapar... eu!

Capítulo 2

Todas as borboletas do mundo

Marco e Maia desceram apressados as escadas da joalheria de Muhammed. Passaram correndo pela butique, onde Lia Leander, com expressão de surpresa, abraçava o homem de bigode.

Marco e Maia atravessaram correndo a Praça do Hotel, chegando até a bibliotecária. Ela estava parada, olhando para o vazio. Ao mesmo tempo, o chefe de polícia estava vindo do outro lado, com seus passos largos.

– O que aconteceu? – ele perguntou.

A bibliotecária, primeiramente, olhou confusa para ele. Logo em seguida reconheceu o chefe de polícia da cidade e disse soluçando:

– Alguém roubou *Todas as borboletas do mundo*!

– O que você está dizendo? – ele perguntou. – Não pode ser! Ninguém pode roubar todas as borboletas...

Maia ficou na ponta dos pés e cochichou algo no ouvido do policial, que acabou entendendo do que se tratava.

– Agora, sim! Você quer dizer que alguém roubou um livro chamado *Todas as borboletas do mundo*?

– Sim, publicado em 1806 e com ilustrações feitas à mão – disse a bibliotecária gemendo.
– Vale uma fortuna.

O chefe de polícia olhou para Marco e Maia, para ver se eles sabiam de alguma

coisa. Mas os dois só sacudiram as cabeças, dizendo que não.

A única coisa que tinham visto havia sido o pastor, o operário e a senhora idosa saindo da biblioteca antes que essa fechasse.

O chefe de polícia foi até a porta da biblioteca e a abriu. Marco e Maia leram em uma plaquinha, ao lado esquerdo da entrada:

"Horário: das 16h às 18h."

Em seguida, o policial fez um gesto com a mão para que todos entrassem na biblioteca. A bibliotecária apanhou um lenço de papel do bolso e secou o canto dos olhos. Depois entrou, com passos pesados. Marco e Maia foram atrás dela.

A primeira coisa que eles viram quando entraram no prédio foi o aparelho que controlava os alarmes. Eram dois arcos, colocados antes da saída, que se estendiam do chão ao teto.

Marco e Maia olharam um para o outro. Como alguém conseguiu sair da biblioteca sem que o alarme tocasse? E foi isso mesmo o que aconteceu!

A bibliotecária foi em direção ao balcão de empréstimos de livros, mas parou no caminho, não conseguia chegar até lá. Com um pouco de dificuldade, ela empurrou um carrinho de livros, que parecia ter ficado preso sob uma das pontas do balcão.

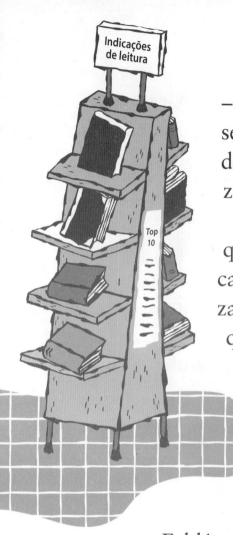

– Esse carrinho está sempre no caminho! – disse ela com a voz zangada.

Marco e Maia sabiam que não era com o carrinho que ela estava zangada, mas sim com o que o ladrão havia feito. A bibliotecária se sentou na cadeira atrás do balcão. Marco leu o nome escrito na plaquinha. Karina Fahlén era o nome dela.

– Quando você descobriu o roubo? – perguntou o chefe de polícia.

– Agora há pouco. Logo depois do horário de fechar. Nos últimos tempos, eu me acostumei a verificar as estantes lá na sala de pesquisa, antes de ir embora.

Ela soltou um soluço:
— E vi na mesma hora que tinha um lugar vazio na estante, bem onde o livro deveria estar.

– *Todas as borboletas do mundo* – disse Marco em voz baixa. Karina concordou muito triste.

– E ainda não devolveram *Tentilhões cantantes*.

– Deve ser mais um livro – disse Maia para o policial.

– Eu também acho – ele respondeu, sem olhar para Maia.

Capítulo 3

Arcos de alarme e cotovelos doloridos

O chefe de polícia foi até os arcos de alarme junto à porta da biblioteca. Coçou o queixo e ficou pensativo.

– Você me empresta um livro com alarme? – disse ele para a bibliotecária.

Karina Fahlén saiu de seu posto atrás do balcão e foi andando apressada. Junto a uma estante alta, dobrou à esquerda e desapareceu. Mas logo voltou com um livro nas mãos. O livro parecia ser realmente muito antigo.

– Vocês me prometam tomar conta dele – disse ela muito preocupada. – Ele é muito, mas muito valioso.

O policial apanhou o livro das mãos dela e disse:

– Deve dar para sair daqui com livros, sem que o alarme dispare.

Marco pegou seu caderno de anotações e ficou lendo, ao mesmo tempo em que o chefe de polícia segurou o livro sobre a própria cabeça. Ele passou no meio dos arcos de alarme. Na mesma hora, um barulho terrível foi ouvido por toda a biblioteca.

– Desligue o alarme! – gritou o policial.

Karina Fahlén apertou um botão debaixo do balcão, lá onde o carrinho de livros se encontrava antes.

– O pastor, a senhora idosa e o operário – disse Marco – são todos mais baixos que você. Eles não podem ter segurado o livro mais alto do que você acabou de fazer.

– Se eles não carregaram o livro no ar... – disse o chefe de polícia – talvez eles...

Ele se ajoelhou e colocou o livro debaixo do tapete que ficava entre os arcos de alarme. Com a língua para fora da boca, ele foi empurrando o livro aos poucos por baixo do tapete. Marco e Maia observaram que um sorriso foi tomando conta do rosto do policial.

– Acho que descobri como o ladrão conseguiu sair daqui com os livros...

Dali ele não passou, pois o alarme começou a tocar novamente!

– Desligue isso! – gritou novamente, muito desapontado.

A bibliotecária apertou mais uma vez o botão debaixo do balcão.

O chefe de polícia passou pelos arcos de alarme com o livro debaixo do braço. De repente, ele parou.

– Se colocarmos o livro dentro de alguma coisa, talvez o alarme não funcione – disse ele, dando um sorriso inteligente. – Alguém pode me emprestar algo parecido com uma bolsa?

– Infelizmente acho que não irá funcionar – disse Karina Fahlén.

– De alguma maneira o ladrão conseguiu sair daqui com o livro – ele disse.

– O operário tinha uma caixa de ferramentas – disse Marco olhando para o seu caderno de anotações. – A senhora idosa tinha uma pasta, mas o pastor não tinha nenhuma bolsa.

A bibliotecária se abaixou apanhando uma bolsa, que estava no chão atrás do balcão. Ela a abriu e o policial guardou ali o livro, que continha um alarme.

Ele passou pelos arcos novamente, mas nem dessa vez ele conseguiu enganar os alarmes.

– Raios! – berrou. – Desligue o alarme. Isso é impossível!

Karina Fahlén pressionou mais uma vez o botão e o alarme silenciou. O chefe de polícia suspirou decepcionado e se sentou em uma cadeira em frente ao balcão de empréstimos.

Marco ia escrever sobre as diferentes tentativas do policial, mas a ponta do seu lápis quebrou.

– Você pode me emprestar o seu lápis, Maia? – ele perguntou.

Maia apanhou o lápis no seu bolso de trás e o jogou no ar em direção a Marco, que o agarrou. O policial olhou cansado para eles, mas, de repente, teve uma ideia e se levantou da cadeira.

– Muito obrigado, crianças! – disse ele. – Acho que vocês, sem querer, me ajudaram a solucionar o caso.

Marco e Maia olharam surpresos um para o outro. Em seguida, olharam ainda mais surpresos para o chefe de polícia que tinha ido para os fundos da biblioteca. Ele deu impulso e começou a correr! Assim que se aproximou em alta velocidade dos arcos de alarme, atirou o livro para o ar.

– Cuidado! – gritou a bibliotecária.

O chefe de polícia continuou a correr entre os arcos, virando a cabeça para poder acompanhar o livro com o olhar.

Assim que passou pelos arcos de alarme, estendeu os braços para cima e apanhou o livro. Mas ele estava correndo tão rápido que continuou até as portas da biblioteca, batendo um dos cotovelos com muita força.

– Ai! – ele gritou. – Isso doeu!

Ao mesmo tempo, o alarme começou a tocar novamente na biblioteca.

Capítulo 4

Três suspeitos do roubo de livros

O chefe de polícia ficou massageando seu cotovelo dolorido e voltou a entrar na biblioteca. Karina Fahlén recebeu preocupada o livro que ele lhe entregou.

– Quem esteve na sala de pesquisa onde os livros valiosos são guardados? – Maia perguntou.

A bibliotecária apanhou um livro grande e negro em cima da escrivaninha.

– Todos que querem trabalhar lá embaixo precisam escrever seus nomes aqui neste livro – ela disse.

Ela folheou umas páginas para trás e disse:

– O pastor, Wagner Frisk e a professora Beatriz Holm.

– Ninguém mais? – Maia perguntou.

– Não nesta época do ano – respondeu Karina Fahlén.

– Ainda mais nos dias de sol, a biblioteca fica praticamente vazia.

– O que o pastor costuma fazer lá embaixo? – perguntou Marco.

– Ele escreve o seu sermão – respondeu a bibliotecária. – Em outras palavras, ele escreve aquilo que vai dizer na igreja. Amanhã será seu último sermão, antes de se aposentar.

– Mas amanhã não é domingo – disse o policial surpreso.

– É o dia da Ascensão de Cristo – respondeu Maia.

– Verdade – disse o chefe de polícia.

Marco olhou para o caderno e perguntou:

– Esse Wagner Frisk é o operário?

Karina Fahlén sacudiu a cabeça dizendo que sim e lhes contou que Wagner já deveria estar de férias. Mas estava trabalhando umas horas extras e instalando novos fios para o alarme da biblioteca. "Para que eu possa dormir tranquila e para que ele possa pagar as suas contas", como ele costumava dizer.

– Então ele poderia desligar e ligar o alarme quando e como quisesse? – Maia perguntou. A bibliotecária olhou espantada para Maia.

– Sim – ela respondeu depois de um instante. – Claro que ele poderia fazer assim. Mas vocês não estão querendo dizer que Wagner... Ele que é tão...

– Que é tão o quê? – perguntou o chefe de polícia, se aproximando da bibliotecária.

Karina Fahlén olhou para a escrivaninha e ficou corada.

– Tão simpático... – ela acabou dizendo. – Wagner é tão prestativo. Sempre pergunta se pode ajudar com alguma coisa. Se eu quero ajuda para carregar os livros, ele sempre está pronto para ajudar. Ele nunca iria...

– E a professora Holm? – perguntou Marco.

A bibliotecária, que parecia feliz em mudar de assunto, olhou agradecida para Marco.

– A professora Beatriz Holm é uma das melhores zoólogas do país.

O chefe de polícia esfregou o queixo e disse:

– Uma *solologa* que fica em um porão escuro em vez de ficar lá fora, no sol. Ela deveria ficar estudando o sol! Isso me parece muito suspeito.

Marco e Maia perceberam que o policial havia entendido mal toda a história e Maia começou a explicar:

– Um zoólogo é alguém que estuda os animais, como aqueles do zoológico, entende? Não estuda o sol.

A bibliotecária continuou a contar com admiração na voz:

– Ela está escrevendo um livro e prometeu me dar um exemplar autografado quando estiver pronto. É uma pessoa maravilhosa, mas é tão distraída... – disse Karina Fahlén rindo. – Ontem ela esqueceu os óculos aqui na biblioteca e não pôde ler nem uma linha em casa, à noite.

Marco ia anotando tudo no caderno e o policial resumiu:

– Então deve ser algum desses três quem roubou os livros: o pastor, Wagner Frisk ou Beatriz Holm.

A bibliotecária respirou fundo e respondeu:

– Infelizmente não há outras opções!

O chefe de polícia andava de um lado para o outro, massageando o cotovelo dolorido. Então ele parou e disse de repente:

– Já sei o que fazer para apanhar o ladrão.

CAPÍTULO 5

Biscoito de chocolate e bolsos secretos

O dia seguinte era o dia da Ascensão de Cristo. Às quatro horas, Marco e Maia já estavam esperando que Karina Fahlén abrisse a biblioteca. Eles escutaram o barulho da chave sendo colocada na fechadura da porta e Karina Fahlén, muito pálida, abriu para eles.

– Espero realmente que o ladrão seja apanhado hoje mesmo – disse ela, deixando Marco e Maia entrarem.

Ela os levou até a sala de pesquisa no porão. Eles desceram uma escada e chegaram até uma porta. Lá eles

viram três cartazes com sinal
de proibido.

Karina lhes explicou:

– Lá dentro não se pode, de jeito
nenhum, comer doces ou sorvetes.
Tampouco se pode falar no celular ou
fotografar os livros.

A bibliotecária se apressou em ir das
escadas até o seu balcão de trabalho.
Marco e Maia abriram a porta e
entraram na sala de pesquisa.

O ar lá dentro era fresco e, ao longo
das paredes, havia muitas estantes
cheias de livros. Aqui e ali havia
escrivaninhas com abajures para leitura.

Marco e Maia apanharam alguns
livros das prateleiras e se sentaram,
cada um junto a uma escrivaninha.

Em seguida, escutaram passos nas
escadas e Wagner Frisk entrou na sala.
Ele olhou primeiramente surpreso para

as crianças que estavam ali sentadas e lendo. Depois ele foi até o canto da sala onde Maia estava.

Ele abriu a sua caixa de ferramentas. Maia espiou lá dentro e viu que a caixa estava praticamente vazia, mas, debaixo de um par de chaves de fenda, havia um pacote de biscoitos de chocolate.

"Estranho", pensou Maia. "Aqui dentro não se pode comer nada."

A porta se abriu e o pastor entrou na sala. Ele se acomodou na escrivaninha ao lado de Marco.

– Deus os abençoe, minhas crianças – ele os cumprimentou, abrindo os botões do seu casaco. Marco observou que o

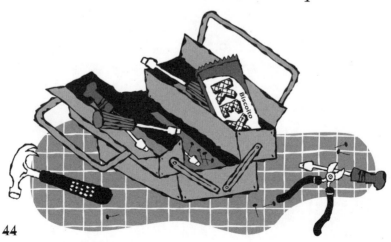

casaco do pastor era cheio de bolsos internos e de diferentes tamanhos! Em um dos bolsos, viu que havia um celular. "O telefone deve permanecer desligado aqui dentro", pensou Marco, ao mesmo tempo em que a porta se abria mais uma vez.

A professora Beatriz Holm entrou e cumprimentou a todos alegremente.

Wagner respondeu de forma amigável ao cumprimento, mas o pastor apenas disse:

– Shhh! Aqui é uma biblioteca.

A professora fez um aceno com a cabeça, pedindo desculpas ao pastor e foi andando cuidadosamente pela sala. Ela puxou a cadeira da escrivaninha junto à Maia. Em seguida, foi buscar alguns livros da estante e se sentou. Abriu a sua bolsa e apanhou algo que Maia, à primeira vista, não soube do que se tratava.

Era uma coisa pequena, quadrada e de metal, não muito maior que uma caixinha de fósforos. Mas, quando Maia viu o orifício arredondado na frente e um botão na parte de cima, entendeu logo o que era. A professora trouxe consigo uma câmera para a sala de pesquisa!

"Para que ela precisa disso?", pensou Maia. "É proibido fotografar os livros!"

A professora Holm colocou a sua bolsa no lado direito da mesa, para que Maia não visse o que ela estava fazendo.

Em seguida, a sala caiu em silêncio e cada um pareceu estar concentrado no seu trabalho.

CAPÍTULO 6

– Vamos lá!

Maia ficou folheando o livro que tinha na sua frente. Mas ela não conseguia se concentrar no que estava escrito ali.

"Algum desses três é, realmente, o ladrão?", ela pensou. De repente, ela ouviu um clique vindo do seu lado esquerdo.

Maia olhou com o canto dos olhos, sem virar a cabeça, e viu a professora Beatriz Holm segurando a pequena câmera junto a um dos olhos.

A professora fotografava página após página do livro a sua frente, sobre a mesa.

Ao mesmo tempo, Wagner apanhou a sua caixa de ferramentas, foi para o outro lado da sala e parou junto a uma estante do lado esquerdo de Marco. Ele ficou de costas para Marco e mexeu em alguma coisa dentro da caixa. Mas exatamente o que ele estava fazendo Marco não conseguiu ver.

Em seguida, Marco olhou para o outro lado e observou como o pastor, o tempo todo, retirava o seu celular de um de seus bolsos secretos. O pastor apertava alguns botões e guardava o telefone.

Todos na sala pareciam estar fazendo algo estranho! Wagner escondeu o que estava fazendo, a professora estava tirando fotos e o pastor ficava mexendo no celular.

Marco e Maia continuaram fingindo que estavam lendo.

Depois de um bom tempo, Marco se alongou e olhou para o seu relógio. Eram quinze para as seis e dali a quinze minutos a biblioteca iria fechar. Ele se levantou da cadeira e colocou o livro de volta na prateleira. Maia olhou por cima do ombro e fez a mesma coisa. Os dois saíram juntos da sala de pesquisa.

No andar de cima, na biblioteca, Maia pegou emprestado de Karina um livro sobre pássaros.

Do outro lado da praça, eles avistaram o chefe de polícia. Ele estava sentado do lado de fora do café. Marco e Maia foram apressadamente até lá e se sentaram junto com ele.

– Logo a biblioteca fecha – disse o policial. – Com um pouco de sorte, o ladrão também irá entrar em ação hoje.

O policial lhes contou que Karina tinha prometido fazer um sinal se mais algum

livro desaparecesse, assim que a
biblioteca ficasse vazia. Se nada houvesse
desaparecido, ela iria abrir e fechar a
porta apenas uma vez.
Mas se o ladrão andasse
roubando novamente,
ela iria abrir a porta
duas vezes.

– Eu acho que o pastor é o ladrão – disse o chefe de polícia.

– Por quê? – perguntou Maia.

– O meu faro antigo de policial me disse que ele é um verdadeiro trapaceiro – respondeu.

– E ele fica com o celular ligado na sala de pesquisa – comentou Marco. – Além disso, parece estar esperando alguma coisa.

– Eu acho que é a professora – disse Maia. – Ela fica fotografando escondida, apesar de ser proibido. Acho que ela pesquisa qual é o livro mais valioso antes de roubá-lo. Mesmo que ela pareça ser simpática, ainda acho que seja ela.

– Ou é o Wagner – disse Marco. – Karina disse que ele precisa de dinheiro e ele parecia muito misterioso. Ficou mexendo na caixa de ferramentas. Podia muito bem ter colocado um daqueles livros valiosos ali, quando estava de costas para mim.

Então, a porta da biblioteca se abriu e o pastor foi quem saiu de lá.

– Olhem, ele fechou o casaco errado hoje de novo – disse Maia, sorrindo.

O pastor foi em direção à igreja.
Em seguida, a professora Holm saiu da
biblioteca. Tirou os óculos pendurados
no nariz e os guardou na bolsa. Ela foi
andando pela praça.

Por último, foi Wagner quem saiu
da biblioteca. Ele acomodou a caixa
de ferramentas no bagageiro da bicicleta
e foi levando-a em direção à Rua da
Igreja.

Marco, Maia e o chefe de polícia
ficaram esperando ansiosamente para
ver que sinal Karina Fahlén iria fazer
lá da biblioteca. O tempo parecia ter
ficado parado.

Então, a porta se abriu. Depois se
fechou e a bibliotecária abriu a porta
mais uma vez!

– Venham, crianças – disse o policial.
– Esse foi o sinal. O ladrão voltou a
atacar. Vamos lá!

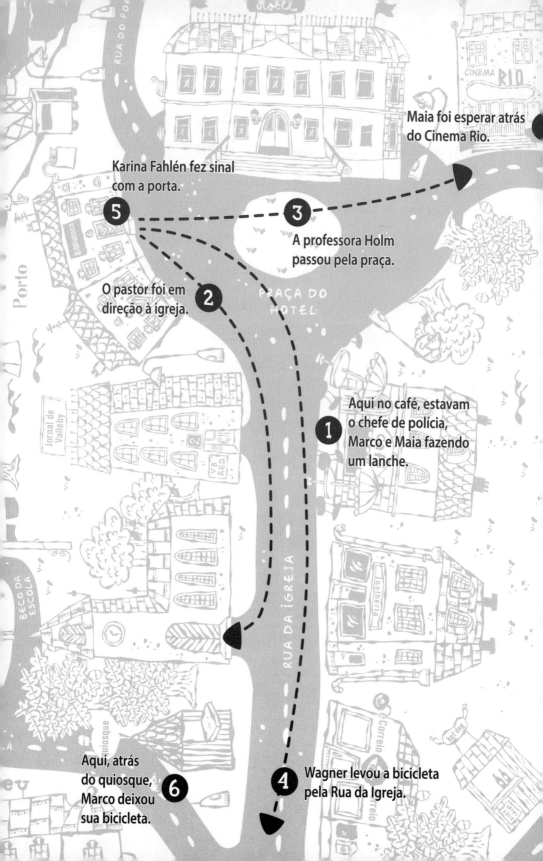

CAPÍTULO 7

Dois espiões

Marco saiu de fininho pelos fundos do café. Ele passou correndo pela joalheria de Muhammed Kilat e pelo correio. Acabou saindo no cruzamento entre a Rua da Igreja e a Rua do Museu.

Lá ele olhou rapidamente para o lado direito e avistou Wagner levando a bicicleta em direção ao quiosque de sorvete.

Marco atravessou a rua correndo e se escondeu atrás do quiosque. Lá estava a sua bicicleta, exatamente onde a tinha deixado umas horas atrás. Ele sentiu que o selim estava solto, pois o tinha desparafusado antes. Em seguida, ele levou a bicicleta até a frente do quiosque.

Lá estava Wagner, comprando um sorvete.

Marco sacudiu a cabeça e suspirou fazendo barulho. Ele esperava que Wagner fosse mesmo prestativo como a bibliotecária havia dito que era.
O operário olhou para Marco e disse:

– O que foi que aconteceu, garoto?

– O selim se soltou e eu não tenho uma chave inglesa.

Marco girou o selim, para mostrar como estava solto.

– Eu talvez tenha uma –

disse Wagner, apanhando a caixa de ferramentas do bagageiro da bicicleta.

Wagner acomodou a caixa de ferramentas sobre a calçada e a abriu. Marco espiou dentro da caixa, mas as únicas coisas que ele conseguiu ver foram: um alicate, um martelo e um par de chaves de fenda. Havia também uma embalagem vazia de biscoitos de chocolate, mas nada de livro!

– Sinto muito – disse Wagner. – Eu costumo levar comigo só o necessário para o meu trabalho, mas infelizmente não tenho nenhuma chave inglesa.

Marco agradeceu assim mesmo pela ajuda e levou a sua bicicleta embora, em direção à biblioteca. "Então não havia sido Wagner Frisk quem tinha levado o livro da biblioteca", ele pensou. "Deve ser ou a professora ou o pastor."

Ao mesmo tempo em que Marco tinha saído de fininho pelos fundos do café, Maia havia atravessado a rua e entrado no Cinema Rio. Lá ela tinha apanhado um livro sobre pássaros, que pegara emprestado da biblioteca, e ficado esperando a professora Holm. Logo ouviu os passos de alguém sobre o asfalto da rua.

Maia foi para a calçada e abriu o livro. Apontou para o topo da árvore do outro lado da rua. A professora olhou surpresa para a menina que havia encontrado anteriormente na biblioteca.

– Será que foi mesmo um desses pássaros que eu vi lá na árvore? – perguntou Maia, mostrando uma página do livro.

Maia, quando percebeu que havia aberto o livro em uma página que falava de patos, ficou apavorada, pois sabia muito bem que essas aves não costumam ficar em cima das árvores. Mas já era tarde demais para trocar de página.

– Ah é – disse a professora Holm. –
Você é interessada em pássaros. Que
divertido. Espere um momento que vou
colocar os meus óculos.

A professora Beatriz Holm abriu
a sua bolsa e ficou procurando por
um instante. Ela segurava a sua
pequena câmera.

– Eu estaria perdida sem esse pequeno
instrumento. É realmente de grande ajuda
quando a nossa memória já não é mais
como era antes.

Ela soltou um suspiro e continuou:

– Sim, sim. Sei que é proibido
fotografar, mas eu nunca uso o flash.

Maia espiou dentro da bolsa e viu que
não havia nenhum livro ali. "Portanto
não é a professora quem rouba os livros",
pensou Maia. "Então só pode ser Wagner
ou o pastor."

Finalmente a professora Holm tinha
colocado os seus óculos e observou o

livro que Maia segurava aberto. Então ela começou a rir.

– Minha querida – ela disse para Maia –, você não acha mesmo que patos ficam em cima dos carvalhos grasnando? Eles são aves aquáticas, minha filha.

Maia murmurou alguma coisa como resposta e a professora Holm foi embora rindo.

Maia fechou o livro e saiu correndo para a biblioteca.

Capítulo 8

Alguém procurava a si mesmo

Quando Marco e Maia saíram correndo, o chefe de polícia atravessou a praça apressadamente.

– *Todas as flores do campo* desapareceram – disse a bibliotecária desesperada quando abriu a porta para o policial.

– Você não mexeu em nada aqui dentro? – ele perguntou.

Karina Fahlén sacudiu a cabeça e disse:

– Quando todos tinham ido embora, eu corri até a sala de pesquisa e vi o lugar vazio na prateleira.

– Então vamos esperar por Marco e Maia – respondeu. – Logo iremos ficar sabendo quem é o culpado. A professora, o pastor ou Wagner.

– Não é Wagner... – disse Karina, fungando.

Marco e Maia entraram correndo na biblioteca

– Não foi Wagner – disse Marco.

Karina Fahlén respirou aliviada.

– E nem a professora – disse Maia.

O chefe de polícia se empertigou e disse satisfeito:

– Eu tinha mesmo razão.

– Mas como ele conseguiu? – resmungou a bibliotecária, enquanto tentava empurrar o carrinho de livros que havia ficado novamente preso sob o balcão.

– Pare! – Maia gritou de repente. – Não mexam em nada!

Marco, o policial e a bibliotecária olharam surpresos para Maia. Ela se ajoelhou e conferiu debaixo da tampa da mesa.

E realmente o puxador do carrinho de livros estava encostado no botão de ligar e desligar o alarme da biblioteca.

– Olhem! – disse Maia. – Foi assim que ele conseguiu passar através dos arcos de alarme, sem que o alarme tocasse.

– Mas... – disse Marco pensativo. – Karina, você não viu o que ele fez? Você não estava sentada ali atrás do balcão?

– Que coisa! – exclamou de repente a bibliotecária. – Como não pensei nisso!

Marco, Maia e o chefe de polícia olharam para Karina Fahlén.

– No que você não pensou? – perguntou o policial.

– Um pouco antes do horário de fechar, recebi um telefonema. Pensando bem agora, foi isso o que aconteceu todas as vezes em que um livro foi roubado. Era alguém que queria falar com o pastor. Eu fui lá embaixo buscá-lo, é lógico, mas todas as vezes ele já havia ido embora da biblioteca.

– Portanto você saiu de perto do botão de alarme – disse Maia.

A bibliotecária concordou e soltou um suspiro.

– Eu queria saber quem estava procurando pelo pastor – disse o chefe de polícia.

O rosto de Marco se iluminou e ele deu um grande sorriso. Agora ele sabia como tudo tinha acontecido!

– Venham! – disse ele. – Vamos até a igreja. Eu explico tudo no caminho.

CAPÍTULO 9

Você é um bom menino

Marco, Maia e o chefe de polícia saíram correndo para a igreja.

– Ele telefonou para si mesmo – disse Marco.

– O que você está dizendo? – perguntou o policial.

– Ele saiu da sala de pesquisa e se escondeu, provavelmente, na biblioteca. Depois telefonou para Karina e pediu para falar com o pastor, ou seja, consigo mesmo.

– E Karina saiu do seu lugar, para ir buscá-lo na sala de pesquisa – acrescentou Maia.

– Então, o malandro aproveitou para colocar o carrinho de livros

pressionando o botão de alarme – disse o policial.

– Desse jeito, ele conseguiu passar pelo alarme sem que esse tocasse – disse Maia.

– E, quando Karina Fahlén voltou para a sua mesa, colocou o carrinho de volta no lugar, ativando o alarme novamente – disse Marco.

– Até que foi tudo muito bem planejado da parte daquele tonto, que mal consegue abotoar direito o próprio casaco – disse o chefe de polícia.

– Talvez seja por ele ter um livro pesado demais em um de seus bolsos secretos – falou Maia.

De repente, Marco parou e apontou para a torre da igreja.

– Olhem! – ele disse.

Através das janelas da torre, eles viram uma bandeira.

– BOA VIAGEM, JESUS! – Maia leu o que estava escrito na bandeira.

— O que é isso? — perguntou o policial.

— O dia da Ascensão de Cristo — disse Marco.

O chefe de polícia, Marco e Maia entraram na igreja correndo e foram diretamente para a sacristia. Era lá que o pastor trocava de roupa antes da missa. Mas lá não havia ninguém. Encontraram apenas um rolo de fita para presente e uma tesoura sobre a mesa.

— Venham — disse Marco. — Acho que sei onde ele está.

Maia e o chefe de polícia foram atrás de Marco, que saiu da sacristia. Ao lado da saída para a rua, ele abriu uma portinha de madeira. Marco colocou o dedo sobre os lábios, pedindo silêncio.

Marco, Maia e o chefe de polícia subiram na ponta dos pés as escadas que levavam até a torre da igreja. Em seguida, escutaram uma voz conhecida, murmurando.

Subiram mais um pouco e avistaram o pastor ajoelhado, com as mãos juntas em frente à janela da torre. Ao seu lado, no chão, havia três bonitos pacotes de presente.

– Querido Jesus – disse o pastor –, hoje é o meu último dia de trabalho e hoje é também o Seu último dia aqui na terra. Por isso eu providenciei alguns pequenos presentes para o Senhor.

O pastor apanhou os três presentes do chão e os segurou em suas mãos.

– Os livros da biblioteca – cochichou Maia para Marco e para o chefe de polícia. O pastor continuou:

– Já que o Senhor irá para o céu hoje, pensei que gostaria de ter algo para ler durante o caminho. O céu parece ficar extremamente longe daqui, então arranjei alguns livros para o Senhor. São livros sobre flores e pássaros do campo.

O pastor se levantou e Marco cochichou algo para o policial e para Maia. O chefe de polícia sorriu e saiu dali de fininho, descendo as escadas da torre.

O pastor foi até as janelas abertas e continuou a falar em voz alta:

– Então, Jesus, agora o Senhor poderia passar aqui voando e vir buscar os seus presentes.

O pastor ficou ali parado por um momento, esperando pela resposta.

Marco e Maia tinham esperança de que o chefe de polícia chegasse a tempo lá embaixo.

– O Senhor está aí, querido Jesus? – pergunta o pastor.

– Você é um homem bom, pastor – a voz do chefe de polícia foi ouvida de repente, vinda lá da rua. – Jogue agora os presentes, que eu passo voando e os apanho.

O pastor ficou em dúvida por um instante, mas acabou atirando os livros empacotados pela janela da torre.

O policial apanhou os livros no ar e se escondeu na esquina da igreja. O pastor se ajoelhou novamente.

– Muito obrigado, pastor – o chefe de polícia gritou lá da rua. – Você é um bom rapaz, mas me prometa que nunca mais irá roubar os livros da biblioteca.

– Eu prometo – murmurou o pastor. – O Senhor deve ter visto tudo o que eu fiz...

Em seguida, ele se arrastou até a janela e olhou para a rua vazia.

– Os livros sumiram! – ele gritou – Aleluia! Foi um milagre!

Marco e Maia saíram de mansinho, desceram as escadas e se encontraram com o chefe de polícia do outro lado da torre da igreja.

– Você não vai prender o pastor? – perguntou Maia.

– Não – respondeu o policial. –
Os livros já estão comigo. E Deus já o
deve ter perdoado, então porque eu,
Rodolfo Larsson, um simples chefe
de polícia...

Marco e Maia sorriram para ele e, em
seguida, lhe deram um grande abraço.

– Muito obrigado pela ajuda, crianças
– disse o policial. – Agora vamos logo
devolver os livros para a Karina.

No dia seguinte, os habitantes da
pequena cidade puderam ler no jornal:

Milagre em Valleby

Depois de vários furtos ocorridos na Biblioteca de Valleby, que chamaram muito a atenção, um orgulhoso chefe de polícia entregou três livros valiosos que tinham sido roubados para a bibliotecária Karina Fahlén, que ficou muito feliz.

O policial contou para o *Jornal de Valleby* que a recuperação dos livros foi como um presente que caiu do céu, mas que isso não teria sido possível sem a ajuda habitual e o inteligente trabalho de investigação dos jovens detetives Marco e Maia.